AF259650

ROYAUTÉ

ET

LOYAUTÉ

Muoro dove m'attacco.

BREST

IMPRIMERIE F. HALÉGOUET, RUE KLÉBER, 11

1882

ROYAUTE & LOYAUTE

ROYAUTÉ

ET

LOYAUTÉ

Muoro dove m'attacco.

BREST

IMPRIMERIE F. HALÉGOUET, RUE KLÉBER, 11

1882

ROYAUTÉ ET LOYAUTÉ

Muoro dove m'attacco.

L'aube de 1882 est bien sombre... Comme le disait dernièrement une feuille parisienne sous une forme quelque peu vulgaire, mais avec une saisissante justesse : « Rien ne *semble* nous menacer, mais le cheval fatigue, l'essieu crie et la roue traîne. Il y a quelque chose dans l'air. »

L'heure est solennelle, en effet : la France — isolée au milieu de l'Europe monarchique qui devient de plus en plus menaçante — la France traverse des jours redoutables, des jours de deuil. De prétendus libéraux ont fait main basse sur le Pouvoir. Ces jouisseurs, dont quelques-uns sont

des renégats, brûlent cyniquement ce qu'ils ado-
raient jadis. Ils chassent les religieux, révoquent
les plus honnêtes serviteurs de l'Etat, désorgani-
sent l'armée et développent dans notre pays cette
fièvre de spéculation qui est un des signes carac-
téristiques de ce temps.

Les indifférents en matière politique devien-
nent rares. Il faut aujourd'hui prendre couleur.
Il faut acclamer les victorieux ou défendre les
vaincus. Nous sommes avec ces derniers, et c'est
ce qui nous amène à publier cette modeste bro-
chure, non pour soulever une polémique stérile,
mais pour soutenir, dans la faible mesure de nos
forces, la grande cause du Droit.

Il y avait en France, en 1871, quatre partis.
La glorieuse mort du fils de Napoléon III et la
mémorable réconciliation des deux branches de la
Maison de Bourbon les ont réduits à deux : la
Démagogie et la Royauté légitime — la Royauté
représentée par Mgr le Comte de Chambord et par
Mgr le Comte de Paris, son héritier direct.

Quelques individus sans mandat — des fous ou
des traîtres — trouvant, sans doute, que leur pays

n'était pas encore assez déchiré, ont voulu soulever de nouvelles complications et ont prétendu que le successeur de Mgr le Comte de Chambord devait être je ne sais quel prince espagnol. Nous ne daignerons même pas discuter cette insanité qui prouve uniquement que la gaîté française ne perd jamais ses droits et qui a passé presque complète- ment inaperçue. Nous n'entendons rien, d'ailleurs, aux subtilités de certains politiques, qui paraissent ignorer la signification du mot « légitimité ». Nous l'avons dit : nous nous bornons à servir le Droit.

Certes, si les deux branches des Bourbons n'étaient pas réconciliées, Mgr le Comte de Paris aurait eu plusieurs fois, depuis 1870, la possibilité de monter sur le trône. Il savait qu'il reculait indéfiniment ses chances en allant à Frohsdorff, et c'est ce qui rendit sa démarche si noble et si touchante. Un Prince ambitieux ou simplement irrésolu se serait conduit tout autrement. Il fallait, pour agir ainsi, un grand cœur et une haute raison.

A cette époque, la France était envahie et écrasée par un ennemi implacable. La Commune avait failli lui porter le dernier coup. Le Comte de Paris oublia son intérêt personnel, il ne songea qu'à son pays ; il se rappela que son grand-père, à son lit de mort, avait souhaité la réconciliation de la Maison de France et il refusa d'être un Prétendant ; il reconnut pour Roi le Chef de sa Famille, et, ce jour-là, il immortalisa son nom. Quelques-uns de ses partisans le blâmèrent alors. Ils l'admireront plus tard, quand les évènements auront dessillé leurs yeux.

Depuis cette célèbre entrevue du 5 août 1871, Mgr le Comte de Paris a toujours suivi strictement la voie que sa droiture lui avait tracée. Qui pourrait dire qu'il ait jamais fait acte de *Prétendant*?....

— Il avait à peine dix ans, lorsqu'il dut prendre la route aride de l'exil. Son père n'était plus.... Sa mère, — si digne d'appartenir à cette famille, « où tous les hommes sont braves, où toutes les femmes sont chastes, » — sa mère, qui ne quitta jamais les sombres voiles de la veuve, et qui fut toujours fidèle au souvenir de l'époux que la mort lui avait prématurément ravi, — sa mère fut pour lui un conseiller doux et ferme à la fois. Elle sut donner à ses fils,

— le Comte de Paris et le duc de Chartres, — une éducation virile. Elle ne cessa de chérir la France, malgré la trahison de tant de Français qu'elle avait comblés de faveurs. L'ingratitude — ce vice de laquais — lui causait une surprise douloureuse, mais son âme était trop haute pour être vindicative.

Nous venons de relire ce livre, d'un sentiment si vrai : *Madame la Duchesse d'Orléans*, qui donne de si touchants détails sur l'enfance des fils de l'auguste Princesse, de cette pieuse Protestante qui admirait et comprenait si bien la Religion catholique : « Voici le printemps établi, écrivait-elle à l'époque du baptême de Mgr le Comte de Paris (mai 1841); il fera le plus bel ornement des fêtes que nous attendons... Ces heures passées à Notre-Dame, le dimanche, 2 mai, seront des heures d'émotion, de prière et d'espérance. Je voudrais que de petites préoccupations ne s'associassent pas à ces émotions. Cependant, la crainte de voir mon enfant inquiet, intimidé, peut-être même obstiné dans ce moment solennel, me tourmente beaucoup. Lisez, je vous prie, ce que dit Fénelon, au sujet du baptême; ces pages sont belles et instructives. »

Et le lendemain, 3 mai : « Rien de plus beau, de plus solennel, que la fête d'hier! Rien de plus touchant, de plus pur que mon petit ange présenté à l'autel ! Rien de plus profondément ému que mon pauvre cœur de mère, dans ce moment. Je ne sais si je me trompe, mais je croyais voir dans tous les yeux des assistants un regard de tendre affection pour cet enfant. Ce n'était pas de la flatterie; non, c'était de la vérité. Les prières du baptême sont belles; je les ai suivies durant la cérémonie, et j'ai trouvé ces paroles très-analogues à mes sentiments. »

Malgré les exigences de son rang, Madame la duchesse d'Orléans fut toujours une Mère dans la plus haute et la plus noble acception du mot. « Oh ! que la mère bourgeoise est heureuse ! écrivait-elle un jour. J'ai été donner sa soupe à Paris qui était gentil comme un ange. C'est là une de ces soirées comme je les aime, qui laissent tant de calme au fond du cœur. L'âme des enfants s'ouvre plus facilement lorsque nous sommes seuls avec eux. Je tâche d'être, autant que posssible, seule avec mon fils. Aujourd'hui je l'ai ramené de Neuilly : il s'endormit dans mes bras, je le couchai sur son lit, je lui rendis mille petits soins. Vous eussiez dû voir comme il était caressant et tendre. »

L'exil permit à Madame la duchesse d'Orléans de se consacrer de plus en plus à ses fils. C'est loin de la France, c'est sur la terre étrangère que Mgr le Comte de Paris accomplit le premier grand acte de la vie du chrétien : il fit sa première communion à Londres, dans la chapelle de King-Street (2 juillet 1850). C'est aussi en exil, dans le manoir d'Holy-Rood, en Ecosse, que l'auguste Chef de sa Maison avait fait sa première communion dix-huit ans auparavant (2 février 1832). Jusqu'à cette époque, Mgr le Comte de Chambord ignorait que son père eût été assassiné. Par une délicatesse touchante, le vieux Roi Charles X n'avait pas voulu que son petit-fils en fût instruit. Il se réservait de lui apprendre lui-même le meurtre du duc de Berry, le jour où il ferait sa première communion. Mgr le Comte de Chambord ne connut donc le nom et le crime de Louvel que pour lui pardonner. Il imita le noble exemple de son père qui, sur son lit de mort, avait demandé la grâce de son assassin. Il se souvint aussi sans doute de Louis XVI — qui avait également porté ce même titre de duc de Berry avant de revêtir le manteau fleurdelysé — et qui demanda à Dieu de pardonner à ses bourreaux.

Plus heureux que son père et que le Chef de sa Maison, le jeune duc d'Orléans — le fils aîné de Mgr le Comte de Paris — a fait sa première communion, il y a quelques mois, dans sa patrie, à l'église paroissiale d'Eu.

Ce jeune prince, qui représente l'avenir de la Monarchie française, vient d'avoir douze ans. Ceux qui ont eu l'honneur de l'approcher, disent qu'il possède déjà les qualités de sa Race. Un éminent écrivain racontait dernièrement qu'il s'était écrié avec émotion, en étudiant l'Histoire de la Révolution française : « Il y a des choses qu'on ne devrait pas m'apprendre. »

Telle est cette famille royale de France, que toutes les nations envient et respectent. Le Comte de Chambord et son héritier légitime, le Comte de Paris, ont la loyauté pour guide. Ces nobles Princes ne sont pas des faiseurs de coups d'Etat, eux qui n'ont jamais trempé dans une intrigue diplomatique! Ils voient avec douleur l'état d'abaissement dans lequel est tombée cette France *créée* par leurs ancêtres, mais ils attendent, sans impatience, le jour où, lasse et désabusée, elle se tournera vers eux.

On a dit souvent que rien n'était durable dans notre pays. On a dit que si la Monarchie revenait, elle ne pourrait se maintenir. Nous croyons, au contraire, qu'elle s'implanterait définitivement en France, et voici pourquoi :

Depuis quatre-vingt-dix ans, chacun des gouvernements qui se sont établis, a inspiré à la nation de grandes espérances, espérances qui ont été invariablement déçues. Aujourd'hui, la Monarchie a été si odieusement et si perfidement calomniée, on a répandu tant de mensonges, on a fait naître tant de préjugés, que ce régime soulèverait de profondes défiances et de vives craintes, s'il s'établissait de nouveau. Or, lui seul tiendrait plus qu'il n'a promis. Lui seul relèverait la France, en lui apportant les alliances qui nous manquent aujourd'hui, et sans lesquelles notre situation peut devenir si facilement critique, au milieu des Monarchies européennes.

L'opinion serait promptement forcée de reconnaître qu'elle a été trompée, et accorderait, peu à peu, au Souverain sa confiance et son respect. Mgr le Comte de Chambord a répété souvent, en effet, « qu'il n'était point le Roi d'un parti. »

Nous le savons : la France n'est pas convaincue ; elle, qui n'a demandé de garanties ni à M. Thiers ni au Maréchal de Mac-Mahon ; elle, qui a obéi passivement, pendant vingt années, à un aventurier, se défie du descendant de ses Rois ? Qu'elle se rassure ! Le Roi de France oubliera les injures adressées au Comte de Chambord, et sera un Père pour ses sujets.

Quant au Comte de Paris, ses sentiments libéraux sont trop connus pour qu'il soit nécessaire de dire que sa justice serait égale pour tous. Nous croirions l'outrager en en donnant les preuves.

Nous avons dit plus haut qu'aucun des gouvernements qui s'étaient établis en France depuis quatre-vingt-dix ans n'avait réalisé les espérances qu'il avait fait naître. Nous n'exceptons point la

Restauration dont nous ne contestons pas les fautes. Certes, la France fut heureuse à cette époque, mais nous reconnaissons que Louis XVIII et surtout Charles X eurent le tort de suivre parfois les conseils intéressés de certains de leurs partisans. Disons-le pourtant : il suffit de connaître un peu les hommes pour comprendre que les émigrés, dont on avait pillé les biens et massacré les parents, fussent ulcérés et revinssent dans leur pays avec des projets de vengeance. Le gouvernement de la Restauration s'efforça d'apaiser les ressentiments et ne fut pas aussi exclusif qu'on l'a prétendu. C'est ainsi que Louis XVIII conserva aux lieutenants de Napoléon leurs titres et leurs grades. Il fit mieux : aux principales cérémonies de son règne, notamment au mariage du duc de Berry et à la naissance du duc de Bordeaux, il choisit pour témoins des maréchaux de l'Empire, tels que Soult et Victor.

La situation de la Monarchie ne serait plus la même aujourd'hui. On juge trop facilement, en France, toutes les époques au même point de vue. Autres temps, autres mœurs !

Pour nous, nous avons pleine confiance dans l'avenir. « Le Christ aime encore ses Francs »; il permettra que la Fille aînée de l'Eglise retrouve sa splendeur passée...

Au moment de terminer ces pages, nous ne pouvons oublier qu'il y a un an à peine, Mgr le Comte de Paris perdait son dernier-né, le prince Jacques... Cet enfant, que l'Ange de la Mort a effleuré de son aile, cet enfant est au Ciel : Il prie pour la France — et pour sa glorieuse Race !... Quand il s'agit d'un jeune enfant, l'Eglise proscrit le glas funèbre; elle fait entendre des chants d'allégresse. Le *Laudate pueri Dominum* remplace le *De profundis !*

Brest, Janvier 1882.

BREST. — IMPRIMERIE F. HALÉGOUET, RUE KLÉBER, 11

www.ingramcontent.com/pod-product-compliance
Lightning Source LLC
Chambersburg PA
CBHW051315050726
47595CB00008B/3563